IA-HŴ!
MEDDAI GWDIHŴ

I Wanda, â chariad

Gyda diolch i Celia Catchpole,
a phawb yn Macmillan Children's Books,
yn enwedig Emily Ford a Kayt Manson.

Cyhoeddwyd gan Rily Publications Ltd,
Blwch Post 20, Hengoed CF82 7YR
Hawlfraint yr addasiad © 2014 Rily Publications Ltd
Addasiad Cymraeg gan Tudur Dylan Jones
ISBN 978-1-84967-214-6

Cyhoeddwyd yn wreiddiol yn Saesneg yn 2009 o dan y teitl *WOW! said the Owl*
gan Macmillan Children's Books, rhan o Macmillan Publishers Limited
Hawlfraint y testun a'r darluniau © Tim Hopgood 2009

Cyhoeddwyd gyda chymorth ariannol Llywodraeth Cymru.

Argraffwyd yn Tsieina

IA-HŴ!
MEDDAI GWDIHŴ

tim hopgood

Addasiad Tudur Dylan Jones

Yn y nos, pan fyddwn ni wedi blino ac yn barod i fynd i'r gwely, dyna pryd mae Gwdihŵ a phob tylluan arall yn deffro.

Aderyn y nos yw'r dylluan.

Aderyn sy'n gallu gweld yn y tywyllwch.

Ond roedd y dylluan fach hon yn wahanol.

Yn lle bod ar ddi-hun drwy'r nos,
fel y dylai pob tylluan fach fod, aeth
hon i gysgu a deffro ychydig cyn y wawr.

"IA-HŴ!" meddai Gwdihŵ.

Doedd hi ddim yn gallu credu'i llygaid!
Roedd yr awyr yn **binc** cynnes, cyffrous.

"IA-HŴ!" meddai Gwdihŵ,
wrth i'r haul **melyn** wenu
drwy niwl y bore.

"IA-HŴ!" meddai Gwdihŵ,

wrth i sawl cwmwl **gwyn**

hwylio ar draws yr awyr **las**.

"IA-HŴ!" meddai Gwdihŵ,
pan welodd fod y dail ar
ei choeden yn **wyrdd**.

Gwyliodd hi nhw'n glanio ar y blodau
oren llachar, a'r petalau'n agor
yng ngwres yr haul.

I fyny yn yr awyr, trodd y cymylau'n
llwyd, a dechreuodd fwrw glaw.

Ond roedd yr haul yn dal i wenu.

"**IA-HŴ!**" meddai Gwdihŵ,
wrth i enfys brydferth beintio'r
awyr yn llawn lliwiau.

Eisteddodd Gwdihŵ
fach yn hapus yn ei
choeden a gwylio wrth
i'r haul fachlud . . .

. . . ac wrth i'r lleuad godi.

Mae'r dydd yn llawn lliwiau
llachar, meddyliodd.

"IA-HŴ!" meddai Gwdihŵ.
"Does dim byd yn fwy
hardd na sêr y nos."

Arhosodd Gwdihŵ ar ddi-hun drwy'r nos,
yn rhy gynhyrfus i gysgu – yn union fel
y dylai pob tylluan fach ei wneud.

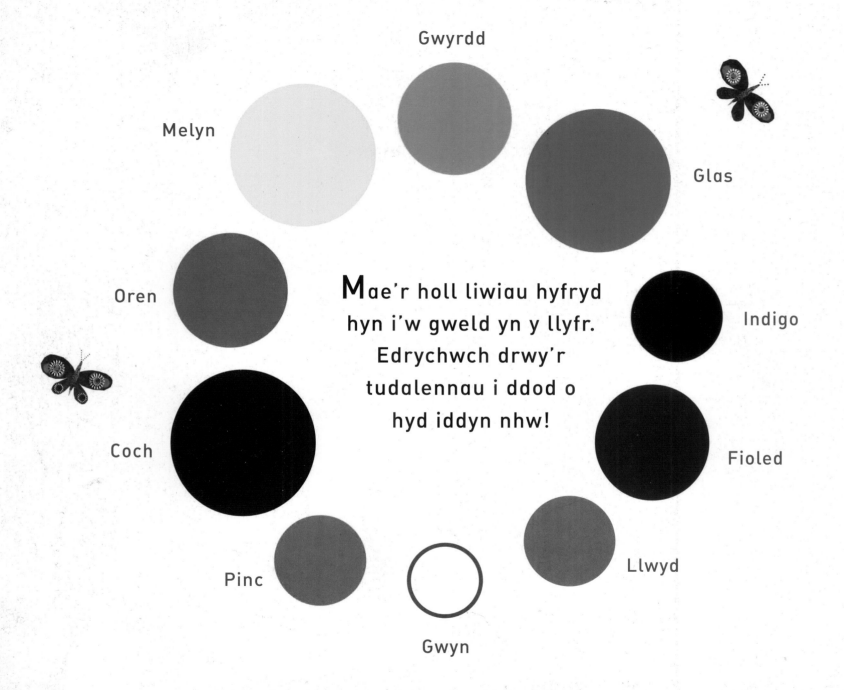

Gwyrdd

Melyn

Glas

Oren

Mae'r holl liwiau hyfryd hyn i'w gweld yn y llyfr. Edrychwch drwy'r tudalennau i ddod o hyd iddyn nhw!

Indigo

Coch

Fioled

Pinc

Llwyd

Gwyn

Amser Llyfr

www.booktime.org.uk

Cynhyrchwyd y llyfr hwn ar gyfer Amser Llyfr, rhan o raglen Pori Drwy Stori. Rhaglen newydd i blant sy'n dechrau mynd i'r ysgol yng Nghymru yw Pori Drwy Stori.

Nod Pori Drwy Stori yw ysbrydoli cariad at lyfrau, straeon a rhigymau drwy roi llyfrau ac adnoddau am ddim i blant rhwng 4 a 5 oed. Mae bod yn rhan o ddysg eich plentyn yn rhan bwysig o'r Cyfnod Sylfaen ac mae'n ei helpu i ddatblygu'n ddysgwr gydol oes.

Caiff Pori Drwy Stori ei rheoli gan Booktrust Cymru a'i hariannu gan Lywodraeth Cymru.

www.poridrwystori.org.uk

Pori Drwy Stori

www.rily.co.uk

To listen to an audio version of this book, and for further ideas and activities, please see **www.poridrwystori.org.uk**
I wrando ar fersiwn awdio o'r llyfr hwn, ac am ragor o syniadau a gweithgareddau, ewch i **www.poridrwystori.org.uk**